Jean-Pierre de Villers

Der letzte Flug des Kleinen Prinzen

Jean-Pierre de Villers

DER LETZTE FLUG DES KLEINEN PRINZEN

im Funkkontakt mit Saint-Exupéry

Aus dem Kanadischen von Damaris Müller
mit Illustrationen von Dietmar Reichert

Patmos

Die kanadische Originalausgabe erschien unter dem Titel
"Le Dernier Vol Du Petit Prince - The Last Flight Of The
Little Prince" bei ÉDITION DU VERMILLON

Die Deutsche Bibliothek verzeichnet diese Publikation in der
Deutschen Nationalbibliografie; detaillierte bibliografische
Daten sind im Internet über http://dnb.ddbde abrufbar.

2. Auflage 2003

Umschlag: Hauptmann und Kampa, Zug
Umschlagfoto: John Philipps, mit Genehmigung der
Motovun Book GmbH, Luzern
Druck und Bindung: fgb · freiburger graphische betriebe
ISBN 3-491-45014-4
www.patmos.de

Ich war glücklich:
»Wenn wir tief in unserem
Innern nach dem Wunderbaren
suchen, werden wir es finden.
Als Christ könnte ich sagen:
Wenn wir nach dem Göttlichen
suchen, wird es uns immer gelingen, es zu finden.«

(CONSUELO DE SAINT-EXUPÉRY,
MÉMOIRES DE LA ROSE)

31. JULI 1944

Die Sonne war eine Scheibe aus massivem Gold. Während ich im Garten meines Großvaters in Saint-Paul-de-Vence auf einem Holzliegestuhl lag, fand oben am Himmel ein merkwürdiges Ballett statt. Drei große stählerne Vögel, die sich zu einem sonderbaren Schwarm versammelt hatten, führten einige verzerrte Nummern auf, indem sie hintereinander eine Acht, eine Neun, eine Sechs und eine Doppelacht flogen. Es waren zwei schwarze Vögel und ein silberner. Zunächst schien eines der dunklen Flugzeuge das helle zu begleiten, wie man einen Blinden durch die sonnigen Straßen von Marseille lotst. Einige Minuten lang waren sie nebeneinander hergeschwebt, da stieß die zweite schwarze Schlange von unten nach oben und heftete sich an die Flanke des dunklen

Flugzeugs. Ich begriff nicht, was hier vor sich ging.

Plötzlich löste sich der Schwarze, der von weiter hinten gekommen war, von den beiden anderen, vollführte einen Looping und begann, auf seinen dunklen Gesellen zu schießen. Die beiden lieferten sich ein unerklärliches Gefecht, das mindestens zehn Minuten dauerte. Dann traf die zweite schwarze Schlange die erste von hinten, und aus der angeschossenen Maschine drang dichter Rauch. Ein lautes Dröhnen folgte ihr bis zum Meer hinaus, wo sie explodierte und nur noch eine weiße Blütenkrone zurückließ, die in der heißen Sommerbrise am Himmel baumelte. Als die erste schwarze Schlange endgültig verschwunden war, jagte die zweite dem silbernen Vogel nach, der zu entkommen versuchte. Über dem Wasser, das fast so hell glitzerte wie sein silberner Rumpf, feuerte die dunkle Schlange auf das schimmernde Flugzeug. Sofort ging es im Sturzflug nieder und versank in dem flüssigen Spiegel.

Was ich an diesem wunderschönen Tag im Juli 1944 mit ansah, blieb mir viele Jahre lang im Gedächtnis haften. Als ich erwachsen war, wurde die Erinnerung an diesen besonderen Moment jedoch unter vielen anderen Erinnerungen an Liebe, Hass, Leidenschaft und Verlangen begraben. Erst am Nachmittag des 29. November 1993 verknüpften sich diese beiden Ereignisse, die scheinbar keine Verbindung miteinander hatten, zu einer einzigen Geschichte und offenbarten mir die Wahrheit über den letzten Flug des Kleinen Prinzen.

✦

Es war der 29. November 1993, und New York City war grau und kalt. Ich war mit einigen Kollegen meiner Frau in die Stadt gekommen, um ein geschäftliches Abkommen zu unterzeichnen, und ich brauchte einen Tapetenwechsel. Da in der Pierpont-Morgan-Bibliothek gerade eine Ausstellung mit Originalen von Saint-

Exupéry stattfand, lenkte ich meine Schritte dorthin. Ich kaufte eine Eintrittskarte, gab meinen schweren Mantel an der Garderobe ab und betrat den spärlich beleuchteten Raum, der die Ausstellung beherbergte. Zu sehen waren Zeichnungen, die in Saint-Exupérys 1943 erschienenem Werk *Der Kleine Prinz* noch nicht veröffentlicht waren. Es war dunkel und gleichzeitig sehr hell. Alle drei Meter warf ein kleines Licht einen goldenen Strahl auf die bewegendsten Bilder, die ich je gesehen hatte: die Zeichnungen, die Saint-Exupéry nur wenige Monate vor seinem mysteriösen Tod angefertigt hatte.

In dem Raum hatte sich eine Gruppe versammelt, und mir wurde klar, dass demnächst eine Führung beginnen sollte. Obwohl ich schöne Dinge normalerweise lieber allein betrachte, schloss ich mich aus einem spontanen Impuls heraus dieser Gruppe von zehn oder zwölf Leuten an. Unter ihnen befand sich ein großer, schlanker Mann Ende siebzig, dessen graues Haar im Dunkeln schimmerte. Er hörte aufmerksam zu, als unsere hübsche Führerin von Saint-Ex, wie ihn seine Freunde nannten, erzählte. Während wir so von einer Zeichnung zur anderen schritten, fiel mir auf, dass dieser ältere Herr mit höchster Konzentration auf jedes einzelne Bild starrte. Es war, als würde er auf ihnen jemanden entdecken, den er seit vielen Jahren vermisst hatte.

Nachdem wir im ganzen Raum herumgegangen und die Zeichnungen bewundert hatten, richteten wir einige Fragen an unsere Führerin. Verstohlen beobachtete ich den älteren Herrn, dessen Augen trüb und feucht geworden waren. Eine blonde Frau erkundigte sich, ob jemand wisse, was an jenem schicksalhaften 31. Juli 1944 passiert sei, an dem Saint-Exupéry irgendwo über Frankreich verschwunden war. Ohne sich festzulegen, erwiderte unsere Führerin: »Das können wir nicht mit Sicherheit sagen. Vielleicht hatte er nicht genügend Treibstoff oder Sauerstoff dabei, oder sein Flugzeug bekam technische Probleme. Möglicherweise wurde er von einem feindlichen Flugzeug abgeschossen, aber wir wissen es nicht genau.«

Als sie das sagte, liefen Tränen über die runzligen Wangen des großen Mannes. Er stand ein wenig abseits in einer Ecke und begann in stiller Verzweiflung zu weinen.

Bestürzt blickte ich ihn an, und obwohl er sichtlich verlegen war, konnte er sich nicht beherrschen. Schließlich hörte ich ihn flüstern: »Ich weiß es. Ja, ich weiß es.« Diese Worte überraschten mich, aber natürlich hatte ich keine Ahnung, wer er war und was seinen Kummer verursacht hatte. Ich ging zu ihm hinüber und fragte ihn, ob ich ihm irgendwie helfen könne. Mit blauen Augen, die durch die Tränen noch heller wirkten, schaute er mich an und antwortete in einem Englisch, das von einem starken deutschen Akzent geprägt war: »Ja, aber lassen Sie uns nach draußen gehen.«

Natürlich folgte ich seinem Wunsch. Wir holten unsere dicken Mäntel aus der Garderobe und traten in den kalten Novembernachmittag hinaus. Als wir die Park Avenue hinuntergingen, sagte er: »Bestimmt habe ich sehr töricht gewirkt, aber ich konnte nicht anders.«

Ich schüttelte den Kopf. »Nein, ganz und gar nicht«, worauf er fortfuhr: »Die Erinnerung hat mich einfach überwältigt. Es war, als ob ich immer noch dort wäre und diesen schrecklichen letzten Julitag im Jahre 1944 noch einmal durchleben müsste.«

Dieses Datum kam mir irgendwie bekannt vor, und plötzlich fiel mir ein, dass es der Tag war, an dem Saint-Ex über Südfrankreich verschwunden war. »Was wollen Sie damit sagen?«, fragte ich.

Mit einem schmerzlichen Lächeln erwiderte er: »Möchten Sie das wirklich wissen?«

»Ja!«, brach es aus mir heraus.

Und dann erzählte er mir eine unglaubliche Geschichte – eine Geschichte, die mir die Tore des Himmels öffnete.

✦

»Ich heiße Wilhelm von Stadde und wurde in den schlimmsten Jahren der Weimarer Republik in Berlin geboren. Mein Vater, der damals in der Politik tätig war, riet mir, mit meinem Leben etwas Vernünftiges anzufangen. Ich befolgte seinen Rat und wurde einer der besten Piloten der deutschen Luftwaffe. Aus diesem Grund schickte man mich während der Besetzung Frankreichs zu den gefährlichsten Stützpunkten des Landes, wo man damit rechnen konnte, den besten alliierten Piloten zu begegnen. Im Jahre 1944, als das deutsche Oberkommando begriff, was manche von uns hinter vorgehaltener Hand sagten – dass der Krieg fast vorbei sei und wir ihn verloren hätten – , verlegten sie uns nach Südfrankreich, damit wir den Fliegern der amerikanischen Luftwaffe, die in Italien und Sardinien stationiert waren, möglichst hohe Verluste zufügten.

Ich war kein Nazi. Mein Vater hatte mich gelehrt, eine Uniform und die Befehle eines Kommandanten zu respektieren, und aus diesem Grund gehorchte ich den Anordnungen, die ich täglich erhielt. In diesem Jahr, 1944, war das Attentat auf Hitler fehlgeschlagen. Die Bombe, die ein Freund meines Vaters in den Bunker des Führers gelegt hatte, hatte nicht ausgereicht, um die Bestie zu töten. In allen Abteilungen der großen deutschen Armee wurde die Lage immer schwieriger.

Im Mai 1944, während wir in Südfrankreich waren, erhielten wir einen besonderen Auftrag. Es war bekannt, dass der berühmte französische Schriftsteller, Antoine de Saint-Exupéry, in diese Ecke des Schlachtfelds am Mittelmeer verlegt worden war. Außerdem wussten wir, dass er eine amerikanische P-38 flog. Der Auftrag, ihn abzuschießen, kam von ganz oben und ging an alle Einheiten der Luftwaffe in Südfrankreich. Für den Führer und das Vaterland würde dieser Triumph eine großartige Propaganda bedeuten.

Ich fand den Befehl abscheulich. Ich hatte Saint-Exupérys Bücher gelesen und wusste beinahe mehr über ihn als über die meisten Piloten meiner eigenen Staffel.

In den Monaten Juni und Juli des Jahres 1944 erlebte ich dann etwas sehr Merkwürdiges. Ich war auf dem Rückflug zu unserem Stützpunkt in Orange, nahe bei Marseille, als ich auf eine einsame P-38 mit französischen Kennzeichen stieß. Ohne dass ich einen Grund dafür hätte angeben können, spürte ich beinahe sofort, dass es sich nicht um das Flugzeug irgendeines französischen Piloten aus der Umgebung handelte. Da ich kein Verlangen hatte, in dieser letzten Phase des Krieges irgendjemanden zu töten, griff ich nicht an, sondern versuchte, mit dem Piloten dieses französisch-amerikanischen Flugzeuges Kontakt aufzunehmen. Einer der Funkleute auf unserem Stützpunkt hatte mir verraten, auf welcher Wellenlänge die in Sardinien stationierten Amerikaner ihre Funksprüche übermittelten.

Ich probierte verschiedene Frequenzen aus, und tatsächlich! – es gelang mir, den Piloten der zweimotorigen, silberfarbenen P-38 anzufunken. Er hatte eine tiefe Stimme, die trotzdem sanft klang. Zunächst verlief unser Gespräch sehr stockend und unbeholfen. Ich versuchte es auf Englisch, aber der Pilot des silbernen Vogels reagierte überhaupt nicht. Dann bot ich mein bestes Schulfranzösisch auf, das ich während meiner häufigen Reisen nach Paris aufgefrischt hatte. Eine Zeit lang blieb das Funkgerät stumm, doch schließlich sprach der Pilot, der hoch über mir flog, einen einzigen kurzen Satz.

›Qui êtes-vous?‹ wollte er wissen.

Ich zögerte zehn bis fünfzehn Sekunden, bevor ich antwortete: ›Hier spricht Leutnant von Stadde von der deutschen Luftwaffe. Sind Sie der, für den ich Sie halte?‹

Auf Französisch erwiderte er: ›Und wer soll das sein? – Et qui est cette personne que vous semblez rechercher avidement?‹

Ich drückte auf die Sprechtaste meines Funkgeräts und fragte ihn: ›Sind Sie der Kleine Prinz?‹

Ein herzliches Lachen schallte mir entgegen, und ich bekam zu hören: ›Nein, ich bin nicht der Kleine Prinz, aber er ist hier, falls Sie mit ihm reden wollen.‹

Für einen Augenblick verschlug es mir die Sprache, und ich überlegte, ob Saint-Ex sich über mich lustig machte. Schließlich fragte ich noch einmal: ›Est-ce vous, Saint-Exupéry?‹

Dieses Mal kam eine leise Stimme, so klar und deutlich wie das Schlagen einer Metallstange auf einer goldenen Platte, aus meinem Kopfhörer: ›Oui, c'est lui. C'est moi.‹

Hinter meiner Sauerstoffmaske begann ich zu lächeln. Ob es sich hier um Saint-Ex handelte, der die Stimme seines geliebten Kleinen Prinzen nachahmte, oder ob es der Kleine Prinz höchstpersönlich war, war eigentlich unerheblich. Alles, was zählte, war, dass ich den berühmten Schriftsteller getroffen hatte, für den ich eine so tiefe Bewunderung hegte. Er war einer von uns – ein Pilot im wahrsten Sinne des Wortes.

Ich freute mich über diese unverhoffte Fügung des Schicksals, und da ich an jenem Tag allein unterwegs war, beschloss ich, Saint-Ex von weitem zu folgen und die Wellenlänge eingeschaltet zu lassen, auf der wir miteinander gesprochen hatten. Während ich so dahinflog, meine Instrumente überprüfte und vor allen Dingen meine Treibstoffreserven im Auge behielt, belauschte ich folgendes Gespräch zwischen Saint-Ex und dem Kleinen Prinzen: ›Ils sont fous ces Allemands. Ils te font la guerre et ils essayent de prendre contact avec toi. - Diese Deutschen sind verrückt. Erst führen sie Krieg gegen dich, und jetzt wollen sie sich mit dir in Verbindung setzen.‹ Die Stimme des Kleinen Prinzen war so klar wie der Himmel über der Provence.

›Non, ils ne sont pas fous‹, antwortete Saint-Ex. ›Ils sont malheureux. Ils sentent qu'ils ont perdu leur dernière bataille et ils essayent de préparer le lendemain. – Nein, sie sind nicht verrückt. Sie sind unglücklich. Sie wissen, dass sie den Krieg verloren haben, und versuchen nun, sich auf die Zeit danach vorzubereiten.‹

Diese Bemerkung gefiel mir nicht, und ich nahm mir vor, Saint-Ex zu sagen, dass ich mich nicht um den Kontakt zu ihm bemühte, weil wir den Krieg verlieren würden, sondern weil er großen Einfluss auf mein Leben gehabt hatte, und ich ihm meine Dankbarkeit zeigen wollte.

Es dauerte jedoch zwei Tage, bis ich wieder die Gelegenheit bekam, mit ihm zu reden. Während ich von Marseille zur italienischen Grenze flog und einige militärische Stellungen kontrollierte, probierte ich an meinem Funkgerät sämtliche Wellenlängen aus in der Hoffnung, auf die Stimme von Saint-Ex zu stoßen. Dieses Mal brauchte ich fast zwanzig Minuten, bis ich die richtige Frequenz gefunden hatte. Saint-Ex unterhielt sich gerade mit einer anderen Person, die ich zunächst nicht erkannte, weil sie nichts sagte.

›Du weißt, was ich meine‹, hörte ich Saint-Ex sagen. ›Wenn deine Blume dich nicht bald wiedersieht, wird sie sich womöglich nach einem neuen Gefährten umschauen. Blumen sind so, sie brauchen viel Aufmerksamkeit. Ich bin das beste Beispiel dafür, denn genau das ist mir mit der Blume passiert, die ich über alles liebe. Consuelo ist mein Leben, und trotzdem kann ich nicht bei ihr sein. Weil sie in New York ist und ich hier bin, haben wir uns immer weiter auseinander gelebt. Ich muss fliegen, um mein Land zu verteidigen, und ich bereue es nicht. Aber die lange Trennung tut weh. In meinen Träumen sehe ich sie auf deinem kleinen Planeten, wo wir uns in die Arme fallen und uns nicht mehr loslassen. Dagegen ist die Realität besonders grausam. Sie ist ganz allein in New York, hat ihre eigenen Freunde und vergnügt sich nach ihrem eigenen Gutdünken, während ich keine Ahnung habe, wo sie sich den ganzen Tag – oder sogar die ganze Nacht lang – aufhält. Das Einzige, was uns verbindet, ist die Luft, die ich in diesem Flugzeug einatme: es ist amerikanischer Sauerstoff, der in New York abgefüllt worden ist. Ich befinde mich hier über Frankreich und atme amerikanische Luft ein. Welche Ironie!‹

Ich hörte ein leises Lachen aus der Kehle des Kleinen Prinzen, und es überraschte mich nicht weiter. Ich hatte mich längst an die Vorstellung gewöhnt, dass der Kleine Prinz seinen großen Freund auf diesen Flügen begleitete.

Nun wandte sich die Unterhaltung Themen wie Frieden, Liebe und Politik zu, und der Kleine Prinz sagte zu Saint-Ex: ›Wenn du sie liebst, ist es völlig gleichgültig, wo sie ist. Du kannst sie ohne weiteres lieben, auch wenn du von ihr getrennt bist. Schau mich an – ich bin Tausende von Meilen von meinem Planeten entfernt und halte meine Blume trotzdem in Ehren. Sie ist in meinen Gedanken und in jeder Faser meines Wesens. Du musst deiner Blume gestatten, ihre Freiheit auszukosten. In New York wird sie niemandem begegnen, der so ist wie du. Die Leute dort sind viel zu sehr damit beschäftigt, Geld zu verdienen und sich finan-

zielle Vorteile zu verschaffen. Du besitzt vielleicht nicht viele materielle Güter, aber du bist reich, weil du das Leben mit seinen vielfältigen Facetten durchlebt hast. Sei nicht traurig, Saint-Ex! Consuelo wird zu dir zurückkehren, und euer Wiedersehen wird noch viel schöner sein als der Tag, an dem ihr euch in Patagonien zum ersten Mal begegnet seid. Erinnerst du dich noch daran?‹

Eine lange Stille folgte. Auf einmal füllte das Dröhnen des Motors meine Ohren, und ich dachte schon, ich hätte diesen magischen Kontakt verloren, als Saint-Ex' laute Stimme den Faden wieder aufnahm: ›Ja, ich erinnere mich noch gut an diesen Tag. Da du mir diese Frage stellst, musst du ebenfalls dabei gewesen sein. Es war allerdings nicht in Patagonien, sondern in einem anderen Teil von Argentinien. Ja, das war der schönste Tag meines Lebens. Ich war von Santiago in die Hauptstadt von Uruguay gestartet und anschließend wieder zurück nach Buenos Aires geflogen. Am Flugplatz wurde ich von einigen Freunden erwartet. Es war eine lange und schwierige Reise gewesen, einer von den Flügen, über die man nicht gerne spricht. Als ich an jenem Abend landete und zum Haupthangar rollte, standen meine Freunde schon dort, um mich zu begrüßen. Zwei Piloten, ein Funkspezialist, ihre Frauen und Freundinnen.

Benjamin Crémieux war ebenfalls dabei, und er hatte eine Freundin mitgebracht. Was für ein Mädchen! Sie hieß Consuelo und war das entzückendste Wesen, das ich je gesehen hatte. Die Erschöpfung, die mich während der letzten Stunde meines Fluges befallen hatte, verschwand wie durch Zauberei. Ich blickte sie an und wusste sofort, dass sie meine Göttin, meine *dame de coeur* sein würde. Es war, als ob die Blitze, die über den Anden gezuckt hatten, alle auf einmal in mich eingeschlagen hätten. Ich befand mich in einem Taumel der Glückseligkeit. Du weißt, wie lange ich brauchte, bis ich sie davon überzeugt hatte, dass ich ihr *cheva-*

lier war. Obwohl ich vom Himmel zu ihr gekommen war, hatte Consuelo zunächst nicht vor, ihren wunderbaren Kontinent zu verlassen. Erst die politische Lage in Argentinien entschied zu meinen Gunsten. Ich musste ihr allerdings noch beweisen, dass meine Leidenschaft größer war als alle geographischen Tatsachen zusammengenommen. Schließlich habe ich gesiegt. Aber nun glaube ich, dass ich sie verloren habe.‹

›Warum sagst du das?‹ fragte die Stimme des Kleinen Prinzen. Sie klang verwundert.

›Weil ich glaube, dass sich schon damals in Paris eine Kluft zwischen uns aufgetan hat, die später nur noch tiefer geworden ist.‹

›Was hast du ihr denn getan?‹

›Nichts. Aber da sie selbst nicht eifersüchtig war auf all die Frauen, die mich in Paris umschwärmten, um ein Autogramm baten und mich zum Essen einluden, wollte sie auch nicht, dass ich eifersüchtig bin. Ich sollte sie nicht kontrollieren und zu einem Leben zwingen, das

sie zu sehr einengte. Eines Nachts wartete ich bis in die frühen Morgenstunden, während sie in Saint-Germain-des-Prés mit Dichtern, Malern und anderen Künstlern tanzte. Ich weiß noch, dass ich Briefe schrieb und sie durch den Türschlitz in ihr Zimmer schob, damit sie die Zettel am nächsten Morgen finden würde. Auf einem Blatt Papier hatte ich all die Zeiten notiert, zu denen ich gehofft hatte, dass sie nach Hause kommen würde: 2.15, 3.00, 3.15, 3.30 Uhr und so weiter. Das gefiel ihr überhaupt nicht. Wir hatten einen furchtbaren Streit, und zu allem Unglück musste ich noch am selben Tag aufbrechen und für mehrere Wochen nach Afrika fliegen. Ich war so traurig, dass ich glaubte, das Flugzeug würde niemals von Le Bourget abheben. Es war der deprimierendste Moment in meinem ganzen Leben.«

Die Stimme des Kleinen Prinzen huschte wie ein silberner Strahl durch meinen Kopfhörer, und ich hörte ihn fragen: ›Hast du ihr gesagt, dass du sie liebst? Du weißt doch, dass man den

Blumen immer wieder sagen muss, dass man sie liebt, sonst verwelken sie. Und wenn sie gestorben sind, wird das Leben zur Wüste.‹

Ich war inzwischen weit über die Grenzen des Gebietes hinausgeflogen, das ich patrouillieren sollte, und auf einmal drang eine hässliche Stimme an mein Ohr. Es war die Stimme eines meiner Staffelkameraden, die um mich besorgt waren und wissen wollten, wo ich steckte. Zuerst gab ich keine Antwort. Als der Funkspruch aber schließlich wiederholt wurde und jedes Mal ein bisschen ärgerlicher klang, ging ich auf unsere Frequenz und teilte den anderen meinen Aufenthaltsort mit. Ich tat so, als ob mein Gyroskop nicht richtig funktioniert hätte, und sagte meinen Kameraden, dass ich unverzüglich auf den Stützpunkt in Orange zurückkehren würde. Danach schaltete ich mein Funkgerät aus und begann vom Kleinen Prinzen zu träumen.

✦

Kurz bevor ich hörte, dass Saint-Ex wieder im Süden unterwegs war, hatte ich in Deutschland ein Exemplar seines soeben erschienenen Buches *Der Kleine Prinz* erhalten. Meine Schwester, die in Washington mit einem Diplomaten verheiratet war, hatte mir gleich Saint-Ex' neuestes Buch geschickt.

Obwohl wir im Krieg auf verschiedenen Seiten standen, spürte ich erneut eine überwältigende brüderliche Sympathie für diesen Mann. Er war sein Leben lang geflogen und hatte in Amerika, in Afrika und im Orient viele neue Gebiete erschlossen. Am liebsten hätte ich mit ihm getauscht, denn Saint-Ex hatte alles erreicht, was man sich vom Leben erträumen konnte. Auf seinen weiten Reisen durch die Lüfte hatte er Menschen gesehen, die von der Außenwelt abgeschnitten waren, und nicht selten hatte er auf Bergen, in Wüsten oder auf dem Meer notlanden müssen. Nachdem er in Guatemala einige schreckliche Unfälle überlebt hatte, war er zum Vorbild für jeden deutschen

Jungen geworden, und in dieser Hinsicht unterschied ich mich nicht von den anderen. Nur war meine Leidenschaft für das Fliegen und die uneingeschränkte Bewunderung, die ich für Saint-Ex hegte, lange bevor ich ihn traf, nicht von dem Verlangen getrübt, im Dritten Reich zu unsterblichem Ruhm zu gelangen.

Dem Rat meines Vaters folgend, hatte ich immer eine gewisse Distanz zur Hitlerjungend gewahrt, was zu jener Zeit, in der die meisten ganz selbstverständlich den Arm hoben und Heil Hitler riefen, gar nicht so einfach war. Trotzdem konnte ich kaum glauben, dass die Menschen zu solchen Robotern wurden, zu Marionetten, die sich von begeisterten Parolen, einem paranoiden Führer oder dem wahnwitzigen Glauben, einer erhabenen Herrenrasse anzugehören, lenken ließen.

Natürlich hatte man mir gesagt, wer meine Vorfahren waren, aber meiner Meinung nach war das kein Grund, mich irgendjemandem überlegen zu fühlen. Einzig die Taten eines

Mannes bewiesen, ob er ein Mensch oder ein Tier war, und mein Handeln würde zeigen, ob ich wie die anderen werden oder mir die Menschlichkeit und die Fähigkeit zu staunen bewahren würde. Hier lag er, *Der Kleine Prinz*, in englischer Sprache, mitten auf dem Wohnzimmertisch meiner Mutter. Da das Buch in New York in großer Eile gedruckt worden war, waren die Schwarz-Weiß-Illustrationen nicht besonders schön ausgefallen. Aber mich kümmerte das nicht, denn das Buch entführte mich in eine andere Welt, und ich las es jedes Mal von neuem, wenn unter den Fenstern unseres Berliner Wohnhauses eine Parade vorbeizog.

Immer wieder erinnerte ich mich an den Ausspruch des Kleinen Prinzen: ›Man sieht nur mit dem Herzen gut. Das Wesentliche ist für die Augen unsichtbar‹

Und jetzt war mein Traum wahr geworden. Am Firmament über Frankreich, über der blauen und goldenen Provence war der Kleine Prinz wieder aufgetaucht, getragen von den Flügeln

eines prächtigen Flugzeugs, das in den letzten Strahlen der Mittagssonne glänzte. Ich war glücklich.

Natürlich wusste ich, dass ich auf meinen Stützpunkt zurückkehren und alle möglichen Formulare ausfüllen musste. Wir Deutschen legen großen Wert auf unsere sauber geführten Akten mit ihren endlosen Listen und unzähligen Einzelheiten. Ich leitete also einen Kurvenflug ein und steuerte mein Flugzeug nach Westen. Anschließend wandte ich meinen Kopf ein wenig nach links und sah, wie der glitzernde silberne Vogel vom Himmel verschwand. Tief in meinem Innern hoffte ich auf eine weitere Begegnung.

✦

Zwei Tage später wurde ich wieder auf Patrouille geschickt, und zwar sollte ich von Marseille an die italienische Riviera fliegen. Wir wussten, dass die Amerikaner eine Invasion in

Südfrankreich planten, und dieses Mal wollte das deutsche Oberkommando unter allen Umständen verhindern, dass dasselbe geschehen würde wie in der Normandie. Als ob sie irgendetwas dagegen hätten unternehmen können!

Ich flog zu diesem Zeitpunkt einen neuen Vogel, der gerade erst aus Deutschland eingetroffen war. Der Lader dieser Focke-Wulf sorgte – insbesondere beim Abheben – für eine unglaubliche Beschleunigung. Mit diesem Testflugzeug donnerte ich über die Calanques der Provence und jagte über die Esterel-Berge, die so rot schimmerten, als hätte Cézanne sie noch am selben Morgen gemalt. Mein Copilot und ich flogen über den Marinestützpunkt in Toulon und donnerten über die letzten Gipfel der Maures. Ich wusste, dass Saint-Ex' Schwester in Agay gelebt hatte, das nun direkt unter unseren Tragflächen lag. Aber ich wusste auch, dass die deutsche Wehrmacht das Schloss, das dieser Frau und ihrem Mann gehörte, in Schutt und Asche gelegt hatte. Man hatte die beiden beschuldigt, die Untergrundbewegung in dieser Gegend zu unterstützen, und es gab keine eindrucksvollere Maßnahme, um die Bewohner von Agay in Angst und Schrecken zu versetzen.

An diesem Tag stießen wir – oder besser gesagt, ich – nicht auf den Kleinen Prinzen. Einerseits spürte ich eine Leere in meinem Herzen, doch andererseits fühlte ich eine gewisse Erleichterung, denn ich war nicht sicher, ob mein Kopilot Verständnis dafür gehabt hätte, dass ich mit einem französischen Schriftsteller Kontakt aufnahm, der von vielen meiner Kameraden immer noch als feindliches Symbol angesehen wurde, das es zu zerstören galt.

Ich flog zurück nach Orange und stellte meine verbesserte Focke-Wulf in ihrem neuen Hangar ab. Dabei überlegte ich, ob diese neuen Flugzeuge wohl noch irgendetwas ausrichten konnten, nun, da jeder merkte, dass der Krieg bald ein trauriges Ende nehmen würde.

Während ich auf die Offiziersmesse zuschlenderte, traf ich Dieter, einen erfahrenen

Flugzeugmechaniker aus Düsseldorf. Ich fragte ihn, ob er über die Lightning P-38 Bescheid wüsste. Sofort zwinkerte er mir zu und fragte grinsend, ob mir auf meinen Patrouillen so ein Vogel begegnet sei. Ich log ihn an und sagte: ›Nein, noch nicht.‹

Daraufhin meinte er, dass ich mich in gewisser Hinsicht glücklich schätzen könne, weil diese Flugzeuge als ausgezeichnete Verfolger bekannt seien. Diese besondere Eigenschaft habe ihnen bei den Deutschen den Spitznamen ›Gabelschwanzteufel‹ eingetragen, was in meinen Ohren wie der Name eines sonderbaren Tieres aus der Bibel klang. Ich fragte ihn, weshalb diese Maschinen so berüchtigt seien, und er erklärte mir, dass es die besten Kampfflugzeuge seien, die die Amerikaner je gebaut hätten. Sie seien unglaublich schnell und könnten fast bis zu einem anderen Planeten gelangen. Diese Bemerkung brachte mich zum Lachen, worauf Dieter mich selbstgefällig angrinste, offensichtlich davon überzeugt, dass er einen guten Witz gemacht hätte. Ich sagte ihm nicht, dass einer dieser Vögel ein Wesen von einem anderen Planeten beherbergte.

Anschließend unterhielten wir uns über die Leistung unserer Focke-Wulfs, denn ich wollte herausfinden, ob unsere Flugzeuge es an Geschwindigkeit mit den feindlichen Maschinen aufnehmen könnten. Stolz erwiderte er: ›Ja, die neuen Focke-Wulfs sind genau zu diesem Zweck gebaut worden. Wir haben zu viele Piloten an die P-38-Maschinen verloren, und aus diesem Grund haben sie uns die hochfrisierten Maschinen geschickt. Mit diesen Dingern machen wir Hackfleisch aus den Amis.‹

Als ich das hörte, zog sich mein Herz vor Schreck zusammen. Ich sehnte mich danach, wieder mit dem Kleinen Prinzen zu sprechen, und ich wusste, dass Saint-Ex in den nächsten Tagen irgendwo über Südfrankreich unterwegs sein würde. Auf keinen Fall wollte ich miterleben, wie er von meinem Kopiloten oder einem anderen Kameraden aus unserer zusammenschrumpfenden Staffel vom Himmel geholt würde. Diese ›Ehre‹ sollte der deutschen Luftwaffe nicht zuteil werden. Natürlich konnte ich meine Meinung nicht offen sagen, solange ich mit anderen Piloten in der Messe am Tisch saß. Man hätte mich niedergemacht und vielleicht sogar erschossen. Ich musste einen Weg finden, allein zu fliegen oder eine Maschine zu bekommen, die in so gutem Zustand war, dass sie dieselbe Höhe wie eine P-38 erreichen würde. Zu meiner Erleichterung hörte ich Dieter sagen, dass, obwohl wir die P-38 auf gerader Strecke einholen könnten, unsere Flugzeuge nicht über eine genügend große Beschleunigung verfügten, um auf 40.000 Fuß zu kommen. Für diese Leistung seien unsere Motoren nicht ausgelegt.

In Gedanken stellte ich mir die silberne P-38 des Kleinen Prinzen vor, die hoch am blauen Firmament schwebte und sich über unsere jämmerlichen Vögel lustig machte. Ich war glücklich.

✦

Auf unserem Stützpunkt in Orange verging die Zeit ausgesprochen langsam. Wir hingen wie gebannt an unseren Radios und verfolgten die Berichterstattung über die vorrückenden amerikanischen Truppen. Im Stillen fragten wir uns, ob am Ende noch irgendetwas von uns übrig bleiben würde. Amerikanische und britische Bomber verwandelten Berlin in einen Trümmerhaufen.

Frankreich war im Augenblick das wildeste Schlachtfeld Europas, auf dem verschiedene Armeen aufeinander prallten. Allmählich hatte man das Gefühl, dass nichts mehr sicher war, und meine Kameraden begannen Gedanken zu äußern, die ich noch nie von ihnen gehört hatte. Dass sie mehr und mehr am Endsieg zweifelten, wurde immer offensichtlicher, und ich wusste, dass die Stunde der Abrechnung nicht mehr weit war.

Am 13. Juli wurden die nächsten sechs Missionen verkündet, und einige von uns wurden gebeten, doppelte Einsätze zu fliegen, da viele Piloten abgeschossen oder ihre Maschinen auf dem Boden zerstört worden waren. Ich meldete mich freiwillig und bot an, am 14. Juli einen Aufklärungsflug über Südfrankreich, über die ganze Strecke bis hin zu den französischen Alpen, zu übernehmen. Meinen Kameraden war es nur recht, dass sie an diesem besonderen Tag, dem Nationalfeiertag, nicht zu fliegen brauchten, denn obwohl man uns empfohlen hatte, nüchtern zu bleiben und den französischen Frauen nicht zu nahe zu kommen, hatten viele sich vorgenommen, eines der hübschen Mädchen aus dem Tanzcafé oder der Bar zu verführen. Wir waren schon zu lange von zu Hause fort, hatten unsere Frauen in Deutschland zurücklassen müssen, und der Mangel an weiblicher Gesellschaft hatte uns in wilde Tiere verwandelt.

Sogar ich, der ich meine Erika von Herzen liebte, wurde immer ruheloser. Ich sehnte mich nach ihrem blonden Haar, ihren türkisfarbenen Augen und vor allen Dingen nach ihrem warmen und anschmiegsamen Körper. Jedes Mal, wenn ich von ihr träumte, tat mir alles weh, und ich betete täglich, dass dieser verdammte Krieg bald zu Ende sein würde. Hoffentlich würden die Bomben, die auf Berlin fielen und die Stadt in ein feuriges Meer tauchten, meine geliebte Erika verschonen. Sie war weit fort, aber gleichzeitig war sie mir doch sehr nah.

Nun würde ich am nächsten Tag also ohne Begleitung fliegen. Da dies höchst ungewöhnlich war, erklärte ich meinem Hauptmann, dass ich diese Route schon oft geflogen sei und unsere neuen Focke-Wulfs unschlagbar seien. Ich würde so viel Munition an Bord nehmen, wie mein Flugzeug fassen konnte, und als tödlicher Vogel über Frankreich dahindonnern.

In dieser Nacht schlief ich nicht sehr gut. In Gedanken befand ich mich bereits in atemberaubender Höhe und redete mit Saint-Ex.

✦

AM MORGEN DES 14. JULI

Es war ein wunderschöner, strahlender Tag, wie man ihn sich für einen Flug über die Provence nicht besser hätte wünschen können. Als ich zum Flugplatz kam, ließ Dieter bereits den riesigen Motor meines fliegenden Torpedos warmlaufen. Er war sehr stolz auf diese Kampfmaschine und hatte sie so eingestellt, dass ich mit einer einzigen Bewegung des Gashebels auf eine fantastische Geschwindigkeit kommen konnte. Gemeinsam überprüften wir sämtliche Instrumente: Höhenmesser, Gyroskop, Funkgerät, Munition und alle Signale, die ich brauchen würde. Dann kontrollierte Dieter meine Ausrüstung, um zu sehen, ob ich alles dabei hatte, was für meine Mission notwendig war. Nachdem meine Luger in ihrem Halfter verstaut war, erklärte er, dass ich zum Abheben bereit sei.

Der Mechaniker fand es ein wenig seltsam, dass ich allein fliegen wollte, aber er begriff, dass die meisten Piloten sich an diesem Tag vergnügen wollten, ohne an das immer näher rückende Ende zu denken. Vermutlich hielt er mich für einen hartgesottenen Nazi, der bis zur letzten Minute seine Pflicht tat, denn als ich das Cockpit schloss und salutierte, hob er den Arm und rief so laut ›Heil Hitler‹, als würde er bei einer Parade durch Nürnberg marschieren.

Ich murmelte irgendetwas, das wie ein undeutliches ›Heil Hitler‹ klang, und er warf mir durch das Plexiglas-Kanzeldach einen strahlenden Blick zu, in dem ich staunende Hochachtung erkennen konnte. ›Armer Dieter, wenn du wüsstest!‹ schoss es mir durch den Kopf. Gleich darauf rollte ich zur Startbahn, kontrollierte den Motor und die Landeklappen, und als ich das Okay erhalten hatte, stieg ich in die Luft, gezogen von den dreitausendsiebenhundert Pferden, die vor meine Flügel gespannt waren. Die Techniker in Düsseldorf hatten ihre Sache wirklich gut gemacht. Ich zog die Maschine steil nach oben, und es dauerte genau vier Minuten, bis ich die richtige Höhe erreicht hatte. Dann verwandelte sich das Dröhnen des Motors in ein sanftes Schnurren, und ich wusste, dass ich mich jetzt nach dem Mann umschauen konnte, mit dem ich eine heimliche Freundschaft geschlossen hatte.

Es war nicht zu übersehen, dass heute der 14. Juli war. An einigen unerwarteten Stellen war eine verbotene französische Flagge gehisst worden, die der deutschen Besatzungsmacht zeigen sollte, dass sie hier eigentlich nichts verloren hatte.

Ich lachte, weil mir klar war, dass dieser trotzige Patriotismus die deutschen Streitkräfte bis aufs Blut reizen würde. Unterdessen flog ich über Toulon, dann über Saint-Raphael, und schließlich begann ich an meinem Funkgerät herumzuspielen und nach der Wellenlänge zu suchen, auf der ich den Kleinen Prinzen getroffen hatte.

Während ich noch an den Knöpfen drehte, stieß ich auf ein Gespräch, aus dem ich sofort schloss, dass es sich um Saint-Ex und seinen Passagier handeln musste. Die beiden unterhielten sich über die Insel, die man in der Ferne erkennen konnte. Zuerst hörte ich Saint-Ex sagen: ›Da drüben wurde Napoleon geboren. Siehst du es?‹

Wie immer klang die Stimme des Kleinen Prinzen so klar wie reines Silber. ›Wer war denn das?‹

›Ein großer Kaiser, der ganz Europa erobern wollte. Als er besiegt wurde, verbannte man ihn auf eine Insel, ähnlich wie diese dort.‹

›Und wozu die ganze Aufregung? Warum bleiben die Menschen nicht einfach zu Hause und genießen ihr Leben? Ich finde das absurd.‹

›Ja, du hast Recht, sie suchen das Glück oft irgendwo in der Ferne, anstatt zu begreifen, dass es in ihren eigenen Händen und womöglich vor ihrer eigenen Haustür liegt.‹

›Ihr Menschen seid komisch.‹

Ich lachte, als ich die letzte Bemerkung des Kleinen Prinzen hörte, denn ich musste ihm uneingeschränkt beipflichten. Kleiner Prinz, wenn du wüsstest, wie Recht du hast! Wir Menschen haben keine Ahnung, wo das Glück zu finden ist. Wir mühen uns ab und kämpfen, streben nach immer größerer Macht und lassen das Leben unterdessen zwischen unseren Fingern zerrinnen. Hier in Europa hätten wir alle so friedlich miteinander leben können, doch der Mann, der in der Gestalt unseres Führers die Macht an sich reißen will, ist viel gefährlicher, als Napoleon je war. Und genau wie damals steuern wir nun geradewegs auf einen Abgrund zu und wünschen uns im tiefsten Inneren nichts sehnlicher als ein wenig Seelenfrieden und einen Ort, an dem wir zur Ruhe kommen können.

Ich wollte dieses bezaubernde Gespräch nicht unterbrechen, und so hörte ich zunächst weiter zu. Dann wurde ich jedoch von dem Verlangen überwältigt dazuzugehören und schaltete mich über mein Funkgerät unvermittelt ein.

›Saint-Ex, c'est moi, von Stadde. Ich befinde mich auf 18.000 Fuß. Kann ich hinaufkommen und mit Ihnen reden?‹

›Hallo, von Stadde‹, antwortete die Stimme. »Nett, dass Sie sich melden. Ich wusste nicht, ob wir uns je wieder begegnen würden, aber ich muss zugeben, dass es schön ist, einen freundlichen Feind zu treffen.‹

›Ich bin nicht Ihr Feind, Saint-Ex!‹

›Ich weiß. Wir gehören zur selben Sorte Mensch und sind Teil einer Bruderschaft. Deshalb freue ich mich, dass wir uns weit weg von der lärmenden Menge begegnen. Mais comment puis-je vraiment vous faire confiance? – Woher weiß ich, dass ich Ihnen vertrauen kann, von Stadde?‹

Die letzte Frage wurde auf Französisch gestellt und hatte einen ironischen Unterton. Ich überlegte einen Moment, bevor ich darauf antwortete. Ja, Saint-Ex hatte Recht. Wie kann man jemandem vertrauen, der zu einer feindlichen Macht gehört? Da fielen mir die Worte wieder ein, die der Fuchs zum Kleinen Prinzen gesagt hatte, und ich erwiderte: ›Saint-Ex, vous m'avez apprivoisé, Sie haben mich gezähmt. Ich bin Ihr Fuchs, und ohne den Gedanken an Ihre Freundschaft kann ich nicht weiterleben. Sie sind mir ans Herz gewachsen, und wenn ich morgens von Orange abfliege, ist die Farbe des Himmels nicht länger dieselbe. Am ganzen Firmament gibt es keine Blume, die sich mit Ihnen vergleichen lässt.‹

Danach wollte ich wissen, wie er die Lage am Boden beurteilte, und so fragte ich: ›Saint-Ex, was geht in Ihrem Land, zwischen Ihren Landsleuten vor sich? Weshalb herrscht zwischen ihnen so viel Uneinigkeit und Feindseligkeit?‹

›Mein lieber von Stadde, das liegt daran, dass die Franzosen ihr spirituelles Erbe verloren haben. Ich kann Ihnen versichern, dass mir ein aufrichtiger italienischer Katholik oder ein deutscher Lutheraner näher steht als ein

Mensch, mit dem mich nur die gemeinsame Muttersprache verbindet. Meine Landsleute sprechen zwar Französisch, aber diese Sprache kommt nicht mehr aus ihrem Herzen.‹

Die Bedeutung dieses letzten Satzes verstand ich nicht ganz, und ich wollte von Saint-Ex wissen, warum er wie ich Pilot geworden war. Seine Antwort rief mir die tiefe Sehnsucht in Erinnerung, die ich bei meinem ersten Alleinflug gespürt hatte.

Er sagte: ›Ich habe mich für diese langen, einsamen Reisen über die afrikanische Wüste entschieden, weil ich mich nach Augenblicken der Ruhe sehnte. Sobald ich in meinem Cockpit saß, wurde ich trotz des dröhnenden Motors eins mit der Schöpfung, eins mit der Natur. Nach dieser inneren Erleuchtung hielt ich Ausschau. Meine Seele stieg bis zum Universum hinauf und betrachtete das Weltall als Ganzes. Weil mich nach dem göttlichen Glück verlangte, zog ich mich in diesen metallenen Kokon zurück. Ich suchte in diesem stillen Wald Zuflucht, um mich von allen habgierigen Neigungen und Wünschen zu befreien. Verstehen Sie das, von Stadde?‹

Da ich nicht sofort reagierte, fuhr er fort: ›Während dieser endlosen Flüge über dem afrikanischen Kontinent spürte ich, wie meine Seele geläutert wurde, und mein Empfinden wurde so klar wie die Sonne. In dieser Wüste offenbarte sich mir Gott, wie er Mose auf seiner langen Wüstenwanderung begegnete. Dass irgendwo um einen herum die unvermeidbare, notwendige Quelle sein muss, macht diese Pilgerreise noch schöner. Haben Sie die Wüste je kennen gelernt, von Stadde?‹

›Nein‹, entgegnete ich in einem Atemzug, ›ich habe die Wüste nie kennen gelernt, ausgenommen die Leere in meinem eigenen Leben, aber durch Sie bin ich mit ihr bekannt geworden, durch alles, was Sie geschrieben und veröffentlicht haben. Durch Sie habe ich begriffen, was Erleuchtung bedeutet, die geheimnisvolle Erleuchtung der Wüste. Ich weiß nun, was die

unsichtbare Schönheit sichtbar werden lässt – die Stille, die Leere, aus der die Erleuchtung des Lebens entspringt. Leben, Leben, sein und nicht sein. Ja, Saint-Ex, ich kenne die Bedeutung der Leere.‹

Daraufhin drang Saint-Ex' Stimme erneut aus meinem Funkgerät. ›Ja, natürlich, es bedurfte nur eines einzigen Zeichens von Ihm, damit sich der goldene Sand der Wüste in ein gewaltiges Königreich verwandelte, in dem meine Seele mit Begeisterung erfüllt und sich Seiner Gegenwart bewusst wurde. Wenn Sie diesen Krieg lebend überstehen, von Stadde, müssen Sie dorthin fliegen und den honigfarbenen Sand in der Morgendämmerung betrachten. Dieser Anblick wird Ihre Seele mit einer wilden und primitiven Freude erfüllen. Er wird Ihre Erlösung sein.‹

Nach dieser eindrücklichen Rede von Saint-Ex befiel mich eine merkwürdige Befangenheit. Seine Worte zeugten von der Weisheit eines Menschen, der die Bedeutung des Lebens ent-

ziffert und schließlich herausgefunden hat, was für seine Existenz wichtig ist. Ich fragte ihn: ›Saint-Ex, wie alt sind Sie?‹

Lachend gab er zur Antwort: ›Viel zu alt. Man wollte mich gar nicht mehr fliegen lassen, aber ich habe den Leuten gesagt, dass ich fliegen muss. Da ich die Altersgrenze schon vor mehr als zehn Jahren überschritten habe, wird dies bestimmt eine meiner letzten Missionen über Frankreich sein. Doch selbst wenn es tatsächlich die letzte wäre, so hätte ich sie um nichts auf der Welt verpassen wollen.‹

›Warum fliegen Sie ständig über Frankreich hin und her, Saint-Ex? Es sieht fast so aus, als gäbe es nicht genug Landkarten von Ihrem wunderschönen Land. Oder wollen Sie etwas anderes aufspüren?‹

›Ja‹, bestätigte er, ›ich halte nach Ihren Leuten, Ihren Streitkräften Ausschau, die in dieses prachtvolle Fleckchen Erde einmarschiert sind, von dem wir sie wieder vertreiben müssen. Außerdem habe ich noch einen zweiten Beweggrund: Nachdem ich so lange fort gewesen bin, will ich wieder vertrauter mit meinem Mutterland werden und mich an meine physischen und spirituellen Wurzeln erinnern.‹

Bei dem Wort ›Mutterland‹ musste ich lachen. In Deutschland sagen wir Vaterland, weil wir die Söhne unserer Väter sind. Gleichzeitig sind wir jedoch auch verdammte Hurensöhne.

Saint-Ex unterbrach meine Gedanken. ›Wir fliegen gerade über das Dorf, in dem meine Mutter wohnt, und ich wünschte, wir könnten jetzt einfach dort unten landen, um ihr zu zeigen, dass noch nicht alles verloren ist. Für Sie wäre es jedoch gefährlich, von Stadde. Ich kann mir nicht vorstellen, dass die Gestapo mit unserer Freundschaft einverstanden wäre.‹

›C'est bien d'avoir un ami‹, vertraute ich Saint-Ex auf Französisch an.

Ja, es war gut, in dieser Zeit, in der sich die Völker feindlich gegenüberstanden, so eine Freundschaft geschlossen zu haben.

›Kommen Sie morgen wieder, von Stadde,

dann werde ich Ihnen ein Geheimnis verraten. Das Geheimnis der Freundschaft zwischen Menschen und das Geheimnis des Opferbringens für diejenige, die gelernt haben zu lieben.‹

Als ich das Wort ›morgen‹ hörte, durchfuhr mich ein scharfer Stich. Ich wusste, dass ich dann sicher von einem anderen Piloten begleitet werden würde, und so fragte ich noch einmal: ›Können wir Freunde sein, Saint-Ex?‹

›Selbstverständlich‹, entgegnete er, ›nur muss ich ganz sicher sein können, dass Sie es sind, wenn ich Ihnen am Himmel begegne‹.

›Das werden Sie‹, antwortete ich. ›Sie werden mich erkennen, weil ich das Bild eines großen Fuchses hinter der Windschutzscheibe meines Flugzeuges anbringen werde. Außerdem werde ich versuchen, einen Fuchs auf meinen Flugzeugrumpf zu malen, auch wenn der Oberst unseres Stützpunkts kein Verständnis für solche Kritzeleien hat. Er findet diese Art von Bildern dekadent und bezeichnet sie als degenerierte amerikanische Reklame.‹

›In diesen Zeiten ist es gut zu wissen, dass man einen Freund hat‹, wiederholte Saint-Ex. Dann stellte er mir eine Frage, die mich tief berührte: ›Von Stadde, darf ich Ihr Gesicht sehen? Wenn Sie möchten, können Sie an die rechte Seite meiner P-38 kommen. Seit meine Halsmuskeln bei diesem Unfall in Guatemala verletzt worden sind, kann ich meinen Kopf kaum nach links drehen. Kommen Sie an meine rechte Seite und verringern Sie Ihre Geschwindigkeit auf 310 Knoten. Sobald Sie da sind, werde ich meine Sauerstoffmaske für eine halbe Minute abnehmen.‹

Ich drosselte den Motor und dachte einen Moment nach. Dann zog ich am Steuerknüppel und beschleunigte so stark, als ob ich Saint-Ex' Vogel überholen wollte. Als ich nur noch wenige Meter von der rechten Heckflosse seiner P-38 entfernt war, wurde ich wieder langsamer und passte meine Geschwindigkeit der von Saint-Ex an. Jetzt flogen wir direkt nebeneinander.

Saint-Ex hatte seine Sauerstoffmaske immer noch auf. Nachdem ich noch einmal tief Atem geholt hatte, nahm ich meine Maske so rasch wie möglich ab, und Saint-Ex tat dasselbe. In einer Höhe von dreißigtausend Fuß blickten wir einander an, und allmählich verzog sich sein Gesicht zu einem Lächeln; er riss die Augen auf und zwinkerte mir zu. Ich lächelte ebenfalls. Unsere Flugzeuge flogen so dicht nebeneinander her, dass es schon beinahe gefährlich war, doch wir fühlten uns wie zwei Kameraden, die einander die Hand reichten. Schließlich setzten wir unsere Sauerstoffmasken wieder auf. Als ich mich von Saint-Ex verabschiedete und ihm sagte, dass ich hoffte, ihm bald wieder zu begegnen, kam hinter ihm plötzlich ein merkwürdiger kleiner Kerl zum Vorschein, der sich wohl bisher hinter seinem Rücken versteckt hatte. Mit einem Blick erfasste ich das blonde Haar des Kleinen Prinzen, seine weit geöffneten Augen und die kleine Hand, die mir zuwinkte.

Ich wusste, dass man Saint-Ex nachsagte, er

beherrsche Zaubertricks. Anscheinend spielte er seinen Freunden gerne einen Streich und war sogar in der Lage, andere Menschen zu hypnotisieren. Deshalb fragte ich mich, ob er mich nun zum Narren gehalten oder mir nur meinen sehnlichsten Wunsch erfüllt hatte – die Bitte, die ich nicht zu äußern gewagt hatte. Bevor ich mein Anliegen hatte aussprechen können, war der Kleine Prinz, sein ständiger Begleiter, am sonnigen Himmel über Frankreich aufgetaucht und hatte mit seinem Erscheinen meinen tiefsten Herzenswunsch erfüllt.

Als ich später an diesem Vormittag in Istres landete, musste ich dem Oberst meiner Staffel erklären, weshalb ich so spät eintraf. Außerdem wollte er wissen, weshalb ich das feindliche Flugzeug nicht abgeschossen hätte, an dem ich so dicht vorbeigeflogen sei. Ich behauptete, ich sei zwar ganz in der Nähe des amerikanischen Flugzeuges gewesen, sei aber nicht hoch genug geflogen, um es zu treffen. Daraufhin warf mir der Oberst einen sonderbaren Blick zu und schwieg.

Am nächsten Morgen musste ich wieder fliegen, und um mich darauf vorzubereiten, bat ich Dieter, meinen Vogel so optimal aufzuladen, dass ich nicht wieder dasselbe Fiasko wie heute erleben würde.

›Ich will Blut sehen‹, verkündete ich grimmig. ›Tu, was du kannst, und stell die Maschine so ein, dass sie zur Höchstform aufläuft.‹

Diese kampflustige Einstellung schien meine Vorgesetzten zu besänftigen.

Als wir am folgenden Tag durch die Lüfte donnerten, stießen wir nicht auf Saint-Ex, sondern schossen beinahe eine einzelne B-25 ab, die wahrscheinlich von einem Bombenangriff über der Normandie zurückkehrte. Dass das Flugzeug nicht getroffen wurde, verdankte es nur seinem ausgezeichneten Heckschützen. Jedes Mal, wenn mein Kopilot auf die B-25 feuerte, hörte ich ihn Schimpfwörter in seine Maske murmeln. Er verfluchte die primitiven Yankees, ließ sich über die Strolche am Steuer dieser vorzüglichen Maschine aus und bezeichnete die Amerikaner als Gigolos in Uniform. Zweimal musste ich ihn über Funk daran erinnern, dass er einen Feind nicht beleidigen sollte. Das Einzige, was das Oberkommando von ihm verlangte, war, das gegnerische Flugzeug abzuschießen – nicht mehr und nicht weniger. Schließlich ging ihm die Munition aus, worauf ich einige halbherzige Versuche unternahm. Auch aus der Luft kann man sein Ziel absichtlich verfehlen, und genau das tat ich.

✦

In den darauf folgenden Tagen flogen wir in westliche Richtung, so dass ich nicht damit rechnete, Saint-Ex zu begegnen. Wie erwartet war weit und breit nichts von ihm zu sehen.

Am 20. Juli, einem wunderbaren Donnerstag in Südfrankreich, erreichte uns eine seltsame Nachricht aus Berlin. Anscheinend war das

Hauptquartier in Rastenburg, Ostpreußen, wo unser Führer und Zirkusdirektor, Adolf Hitler, eine Rede gehalten hatte, um zwölf Uhr zweiundvierzig von einer heftigen Explosion in die Luft gejagt worden. Die verschlüsselte Nachricht, die wir erhielten, war kurz und knapp: Führer tot.

Mein Herz machte einen Satz, als ich davon erfuhr. Schon seit einiger Zeit hatten die Freunde meines Vaters nach einer Möglichkeit gesucht, den Führer umzubringen. Sie hatten endlich begriffen, dass Hitler ein Verrückter war und Deutschland auf sein Armageddon zusteuerte. In meinem Kopf klangen die Worte ›Führer tot‹ wie Musik, doch ich ließ mir meine Freude nicht anmerken, sondern bemühte mich, ein düsteres Gesicht zu machen. Um meine Erleichterung zu verbergen, stellte ich besorgte Fragen und wiederholte immer wieder: ›Das kann doch nicht wahr sein!‹, wobei ich sogar einige Krokodilstränen in meine Augen zauberte.

Und dann erhielten wir am Abend weitere Nachrichten. Der Führer hatte das Attentat überlebt, und man war den Verschwörern bereits auf der Spur. Noch in derselben Nacht wurden sie festgenommen und erschossen: Stauffenberg, ein enger Freund meines Vaters, Olbricht, von Haeften und Mertz von Quirnheim wurden von einem Kommando von Unteroffizieren auf dem Parkplatz in der Bendlerstraße hingerichtet. Als einzige Beleuchtung für diese tragische Szene dienten die Scheinwerfer einer Reihe von Armeelastwagen. Um Mitternacht verkündete der Führer dem ganzen Volk – samt seinen Streitkräften im besetzten Frankreich –, dass ein Mordversuch auf ihn verübt worden und er ihm entgangen sei. ›Eine kleine Gruppe von ehrgeizigen, dummen und charakterlosen Offizieren war dafür verantwortlich.‹ Das Herz wurde mir schwer, und ich zog ich mich in mein Quartier zurück, wo ich manche Träne vergoss. Der einzige Trost, der mir blieb, war die Tatsache, dass der Krieg sich so ungünstig für uns

entwickelte, dass bis zur endgültigen Niederlage des Führers nur noch wenige Monate verstreichen konnten.

✦

Aufgrund der Ereignisse in Berlin flogen wir über eine Woche lang keine weiteren Einsätze. Meine engsten Freunde auf dem Stützpunkt warfen mir misstrauische Seitenblicke zu und überlegten zweifellos, ob auf der Liste der Verschwörer auch ein von Stadde auftauchen würde. Ich hatte das Gefühl, dass, selbst wenn mein Vater verschont bleiben würde, mein eigener Name auch auf diese Liste gehört hätte. In meinem Herzen bewunderte ich die mutigen Männer und bedauerte, dass ihr heldenhafter Versuch fehlgeschlagen war.

Erst am 31. Juli flog ich wieder, und dieses Datum wird für alle Zeiten in meinem Gedächtnis eingemeißelt bleiben. Am Tag davor ging ich auf meinen Mechaniker zu und bat ihn, mir die beiden Jagdflugzeuge zu zeigen, die am nächsten Morgen zum Einsatz kommen sollten. Sofort führte er mich zu den beiden neuesten Focke-Wulfs, die mit einer schwarzen Tarnfarbe versehen waren und stark hervortretende Luftkühler besaßen.

Ich erkundigte mich, ob die beiden Jäger identisch seien oder ob er einem von beiden den Vorzug geben würde und warum. Mit einem breiten Grinsen deutete Dieter auf das Flugzeug, an dessen Unterseite ein zusätzlicher Tank befestigt war. Dann sagte er:

›Dieser hier ist ein Miststück. Der kleine Extra-Tank reduziert seine Geschwindigkeit um dreißig Knoten. Außerdem funktioniert der Lader nicht besonders gut. Ich habe ihn zwar überprüft, aber ich finde einfach nicht heraus, was damit los ist.‹

Nachdem ich aufmerksam zugehört hatte, gab ich meine Anweisungen. Ich bat Dieter, das andere Flugzeug für mich zu reservieren, denn für den folgenden Tag benötigte ich die Maschine, die die höchste Leistung brachte. Falls ich oben am Himmel meinem französischen Freund begegnen würde, wollte ich nicht auf den langsameren Vogel angewiesen sein.

✦

MONTAG, 31. JULI 1944

Wir flogen von Orange ab, und zwar waren es diesmal Oberfähnrich Heichele und ich. Ich kannte Heichele, oder Bobby, wie er von einigen anderen Offizieren genannt wurde, da ich früher schon in seiner Begleitung unterwegs gewesen war. Er war ein guter Pilot, der allerdings noch keinen Schein für einen Jagdflieger besaß. Bisher hatte mich das wenig gestört, denn bis vor kurzem hatten wir nie mehr als ein oder zwei amerikanische Jagdflugzeuge auf einmal getroffen. Heichele brannte darauf, sich als guter Flieger zu beweisen, und hatte schon mehrmals erwähnt, dass er mit jedem feindlichen Flugzeug kurzen Prozess machen würde. Er war ein mustergültiges Produkt der deutschen Idiotenfabrik. Eigentlich hätte er mit Feldwebel Hogel fliegen sollen, doch dieser war in letzter

Minute aufgekreuzt und hatte verkündet, er habe furchtbare Bauchschmerzen. Sein listiges Zwinkern sagte klar und deutlich, dass es sich bei dieser Krankheit um ein Leiden handelte, das von einem hübschen Mädchen verursacht worden war.

Als wir Orange an jenem Morgen um 11.02 Uhr verließen, war der Himmel so blau und klar wie die Augen meiner geliebten Erika. Bobby flog die zweite Focke-Wulf, nachdem es mir tatsächlich gelungen war, die bessere von beiden zu bekommen. Wir flogen nach Osten, in die Richtung, in der Menton und die italienische Grenze lagen.

Dann passierte es wieder. Ich schaltete an meinem Funkgerät die Wellenlänge ein, die ich längst auswendig wusste, und vernahm die Stimme von Saint-Ex und dem Kleinen Prinzen so deutlich, als ob sie sich in meinem eigenen Cockpit befunden hätten. Als stummer Zuhörer hatte ich mich inzwischen an die Dialoge zwischen den beiden gewöhnt. Bisher war es um die Probleme des Kleinen Prinzen gegangen, und Saint-Ex hatte seine Fragen nach der Rose und seiner Liebe beantwortet. An diesem Morgen war es jedoch der Kleine Prinz, der sich nach Saint-Ex' Rose erkundigte.

›Sie ist weit weg‹, antwortete Saint-Ex, ›und sie glaubt, dass sie eine Luftveränderung, ein anderes Klima und neue Freunde braucht. Dabei bevorzugt sie die Art von Freunden, die man in Tanzsälen kennen lernt und die einen am nächsten Morgen nicht mehr wiedererkennen.‹

›Bestimmt bist du sehr traurig‹, meinte der Kleine Prinz. Daraufhin sagte Saint-Ex langsam und bedrückt: ›Ja, ich bin sehr traurig. Es gibt Tage, an denen ich nicht weiß, warum ich überhaupt fliege und ob es ihr nicht völlig gleichgültig ist. Ich liebe sie, aber ich glaube, dass sie mich nicht mehr liebt.‹

›Warum sollte sie dich nicht mehr lieben?‹ rief der Kleine Prinz entrüstet. ›Das ist unmöglich! Liebe ist für immer!‹

Auf diesen Ausbruch entgegnete Saint-Ex

nichts. Hinter der Maske, die New Yorker Luft in seine Lungen pumpte, stieg ein Schluchzen auf, und er sagte fast unhörbar: ›Wahrscheinlich habe ich sie zur Verzweiflung getrieben, weil ich zu viel Zeit mit ihr verbracht, sie zu oft beobachtet und beschützt habe. Vielleicht fühlt sie sich durch meine Liebe eingeengt.‹

›Aber Liebe ist unendlich!‹ platzte der Kleine Prinz heraus. ›Sie muss so sein. Liebe ist, wenn man sich wünscht, eins zu werden. Es ist ein Vorgang, der beinahe magisch ist. Meine Rose, mein Planet und ich bilden eine unzertrennliches Ganzes. Keiner von uns könnte ohne den anderen existieren.‹

Eine Weile hörte ich nichts, und ich sah im Geiste vor mir, wie Saint-Ex sich hinter seiner Fliegerbrille einige Schweißtropfen von der Stirn wischte. Die Luft im Cockpit war heiß und stickig, und durch das Kanzeldach brannte die herrliche Julisonne des Jahres 1944 auf ihn herab. Alles schien so still und friedlich zu sein, doch die Ruhe war trügerisch.

Dann fuhr der Kleine Prinz fort: ›Du weißt, dass es mir inzwischen gelungen ist, meine Rose von ihren Dornen zu befreien. Jetzt ist sie ganz neu und glatt. Außerdem ist sie noch abhängiger von mir als vorher, weil sie sich ohne ihre Dornen nicht mehr selbst verteidigen kann. Es ist meine Pflicht, sie zu bewachen und darauf zu achten, dass ihr nichts Schlimmes zustößt. Ich bin für sie verantwortlich. Hat deine Rose Stacheln?‹

Beinahe automatisch gab Saint-Ex zur Antwort: ›Ja, sogar noch mehr als früher. Es scheint fast so, als ob sie mit der Zeit immer gefährlicher und gleichzeitig immer verwundbarer werden würde.‹

›Du bist nicht glücklich mit ihr?‹

Die Frage wurde mit einer steigenden Intonation gestellt, die äußerst charmant klang. Saint-Ex erwiderte: ›Nein, wirklich nicht. Ich bin nicht mehr glücklich. Meine Rose meint, dass wir uns trennen sollen, da sie lieber auf eigenen Füßen stehen will. Aber ich kann mir ein

Leben ohne sie überhaupt nicht vorstellen. Sie ist meine Rose und ich bin ihr Gärtner. Als ich sie aus Argentinien mitbrachte, weil ich nach unserer ersten Begegnung wusste, dass sie für immer mein sein würde, sah es so aus, als wäre unsere Beziehung in Marmor gehauen.‹

›Vielleicht hast du sie nicht genügend gezähmt, Tonio, so wie du es bei mir getan hast? Erinnerst du dich noch an unsere erste Begegnung? Weißt du noch, was mein Freund, der Fuchs, zu mir gesagt hat, und was ich dir über uns erzählt habe? Wir haben einander gezähmt und sind zu den unzertrennlichsten Freunden auf diesem Planeten geworden. Vielleicht hast du Consuelo nicht so gezähmt, wie es nötig gewesen wäre?‹

›Bestimmt hast du Recht, Kleiner Prinz. Ich habe ihr nicht das gegeben, was sie verdient hat, und ich weiß, dass ich viel zu oft fort war. Sie hatte niemanden, der sie zähmen konnte, und niemanden, der sie an mich gebunden hätte. Es ist meine Schuld.‹

Der Kleine Prinz lächelte und sagte, er könne immer noch zu ihr zurückkehren und versuchen, sie zu zähmen.

›Ja, aber dies ist meine letzte Mission, und ich muss sie erst noch lebend überstehen.‹

›Wenn du willst, wirst du es schaffen.‹

›Das ist nicht so einfach, wie du glaubst‹, entgegnete Saint-Ex. ›Bevor wir auf meine Insel zurückkehren können, müssen wir zwischen den deutschen Jägern Spießruten laufen. Denk daran, dass wir in einem unbewaffneten Flugzeug sitzen.‹

Während ich dieser Unterhaltung lauschte, flogen mein Kamerad und ich ein ganzes Stück unterhalb von Saint-Ex' P-38. Von weitem war sie gerade noch zu sehen – das heißt, ich sah sie und hütete mich selbstverständlich, Heichele mitzuteilen, dass über unseren Köpfen so ein atemberaubender Vogel schwebte. Zu meiner Linken flog die andere Focke-Wulf, und solange ich sie im Visier hatte, hatte ich das Gefühl, dass meine Freunde in Sicherheit waren.

Irgendwann funkte ich Heichele an, um folgende kurze Sätze auszutauschen: ›Alles in Ordnung.‹

›In Ordnung. Nichts zu berichten.‹

Dann schaltete ich wieder auf Saint-Ex' Wellenlänge um. Dieses Mal war der Kleine Prinz beinahe übermütig aufgelegt, und ich hörte ihn zu Saint-Ex sagen: ›Bitte flieg einen Looping. Bitte zeig mir, wie die Blumen in diesem Teil der Provence aussehen. Zeig mir die Blumen deines alten Freundes Maeterlinck und sein Schloss d'Orlamonde.‹

Da der kleine Kerl so liebenswürdig und hartnäckig bat, zog Saint-Ex am Steuerknüppel, und die beiden Allison-Triebwerke heulten einige Minuten lang auf. Das Flugzeug stieg fast senkrecht in die Luft, doch bevor die Motoren überziehen konnten, ging Saint-Ex nach rechts in die Querlage und machte einen Looping. Aus einer Höhe von 20.000 Fuß stieß er auf mindestens 6000 Fuß herab, und an diesem Punkt nahm das Verhängnis seinen Lauf. Als Saint-Ex

seinen Vogel auf 5000 Fuß wieder aufrichtete, wurde er von Heichele entdeckt, der mich sofort anfunkte. Es gelang dem Oberfähnrich nicht sogleich, mit mir Kontakt zu bekommen, da ich immer noch auf Saint-Ex' Wellenlänge war. Schließlich donnerte er an mir vorbei, und ich begriff, dass er mit mir reden wollte. Rasch stellte ich die richtige Frequenz ein, auf der ich meinen Kameraden aufgeregt schreien hörte: ›Achtung! Flugzeug! Achtung! Flugzeug!‹

Lieber Bobby, ich weiß, dass sich direkt vor uns ein Flugzeug befindet. Deshalb brauchst du nicht so herumzubrüllen.

Es gab nichts, was ich hätte tun können.

Ich ging wieder auf Saint-Ex' Wellenlänge und hörte den Kleinen Prinzen rufen: ›Nimm dich in Acht, hinter uns sind zwei schwarze Vögel! Sei vorsichtig! Sie sehen aus wie zwei schwarze Schlangen, und sie werden dich stechen!‹

Saint-Ex' Stimme klang ganz ruhig, als er erwiderte: ›Mach dir keine Sorgen, ich fürchte mich nicht mehr vor ihrem Gift. Weißt du, Kleiner Prinz, mein Werk ist getan. Es ist Zeit für mich, diese unbarmherzige Welt zu verlassen.‹

›Pass auf, Tonio, der Große kommt immer näher. Was wirst du tun? Kannst du nicht noch schneller fliegen?‹

›Nein, ich habe keinen Sauerstoff mehr. Die New Yorker Luft ist ausgegangen, und nun muss ich die französische Luft einatmen. Auf Wiedersehen, Kleiner Prinz.‹

›Adieu, adieu, Tonio!‹, rief der Kleine Prinz.

An dieser Stelle schaltete ich mich ein und wandte mich an Saint-Ex.

›Saint-Ex, hier spricht von Stadde. Können Sie mich hören?‹

›Ja, klar und deutlich.‹

›Saint-Ex, versuchen Sie, über 20.000 Fuß zu gelangen, damit wir Sie nicht einholen können. Unsere Lader werden auf dieser Höhe nicht funktionieren.‹

›Ich kann nicht. Mein Sauerstoffgerät ist defekt. Es geht nicht.‹

›Bitte machen Sie sich aus dem Staub, Saint-Ex. Der andere Pilot ist ein echter Nazi, und ich kann nicht für ihn bürgen. Fliegen Sie weg.‹

›Ich werde es versuchen.‹

›Ich werde Sie beschützen, so gut ich kann, aber die Luftwaffe hat den strikten Befehl erteilt, Sie abzuschießen.‹

›Tun Sie, was Sie tun müssen. Wir sind immer noch im Krieg.‹

›Ja, aber wir wissen längst, dass wir den Krieg verloren haben. Bald werden die Amerikaner und Ihre Armeen an der Küste unter uns aufmarschieren. Bitte fliegen Sie weg!‹

›Ich gebe mir Mühe, aber ich glaube, es ist gar nicht so wichtig, ob ich davonkomme.‹

›Doch, das ist es! Ich will nicht schuld am Tod des Kleinen Prinzen sein!‹

›Sie wissen sehr wohl, dass Sie ihn gar nicht umbringen können, weil er schon unterwegs zu seinem Planeten ist. Man kann die Seele Frankreichs nicht abschießen!‹

›Bitte geben Sie Gas, Saint-Ex!‹

›Ich versuche es ja, aber ich kann nicht höher gehen. Ich habe keinen Sauerstoff mehr.‹

›Bitte, Sie müssen fliehen!‹

Plötzlich drang eine andere Stimme aus meinem Funkgerät, eine Stimme, an der nichts Schönes war. ›Schießen Sie, von Stadde. Der Befehl kommt direkt vom Hauptquartier. Schießen Sie den Kerl ab. Dieser Erfolg wird unsere tapfere Propaganda unterstützen, und er wird der wichtigste Akt unserer geliebten Luftwaffe sein.‹

Ich antwortete ihm: ›Sie Schwein, wissen Sie nicht, dass das der Kleine Prinz ist? Wissen Sie nicht, dass man einen unbewaffneten Feind nicht angreift?‹

Da geschah etwas Seltsames in meinem Kopfhörer. Bevor ich noch auf Saint-Ex' Frequenz umschalten konnte, hörte ich die helle Stimme, die ich so gut kannte: ›Monsieur, Monsieur, schießen Sie nicht! Schießen Sie nicht auf meinen Freund, Saint-Ex. Er ist so traurig. Lassen Sie ihn zu seiner Rose zurückkehren.

Bitte, Monsieur, lassen Sie ihn zu den Wolken aufsteigen, damit ich ihn mit zu meinem Planeten nehmen kann.‹

Lieber Kleiner Prinz, ich habe dich gehört, und deine Botschaft hat mich mitten ins Herz getroffen.

Sofort funkte ich Heichele an und sagte zu ihm: ›Heichele, dies ist ein Befehl. Ich werde Saint-Ex zu seinem Stützpunkt zurückbegleiten. Sie stehen unter meinem Befehl und werden keinen Versuch unternehmen, ihn abzuschießen. Wir können den Kleinen Prinzen nicht umbringen.‹

Ich begann, parallel zu Saint-Ex' P-38 zu fliegen. Das Kanzeldach war mit Raureif bedeckt, weshalb ich ihn kaum erkennen konnte. Ich wusste, dass ich ihn retten wollte. Während ich Saint-Ex aufs Meer hinaus eskortierte, wo er besser entkommen konnte und eine größere Überlebenschance haben würde, selbst wenn er getroffen werden sollte, hörte ich Heicheles Stimme in meinem Kopfhörer:

›Hauptmann von Stadde, das ist meine letzte Warnung! Sie müssen diesen französischen Hurensohn abschießen, sonst werde ich es tun. Falls Sie sich weigern, habe ich soeben den Befehl erhalten, Sie auch abzuknallen.‹

Ich weiß nicht mehr, was ich darauf geantwortet habe. Wahrscheinlich war es irgendein deutsches Schimpfwort. Dann flogen die ersten Kugeln an meinem Flugzeug vorbei, und ich begriff, dass Heichele sich darauf vorbereitete, seine Pflicht zu tun. Ich zog am Steuerknüppel, stieg steil nach oben, flog eine Doppelsechs, bis ich hinter Heichele war, und feuerte. Eine meiner Kugeln riss ein großes Loch in seine linke Tragfläche, und ich konnte erkennen, dass er mich ungläubig anblickte. Es gelang ihm, aus meiner Schusslinie zu fliehen, worauf er im Sturzflug nach unten jagte. Gleich darauf kehrte er zurück und traf meinen Vogel im Vorbeifliegen in den Rumpf.

Der Motor meiner wunderbaren Maschine erstarb, und ich wusste sofort, dass dies das

Ende für mich war. Über dem Strand von Cannes öffnete ich das Kanzeldach und sprang ab.

Während ich durch die kühle Luft der französischen Riviera flog, sah ich mein Flugzeug ins Meer stürzen. Über mir war Heichele nun dabei, Saint-Ex' Maschine zu verfolgen. Am strahlend blauen Himmel feuerte er auf die P-38, die sich bemühte, den tödlichen Kugeln ihres deutschen Gegners zu entgehen. Zuerst verfehlte Heichele sein Ziel. Dann pirschte er sich von hinten bis auf vierzig Meter heran und schoss erneut.

Dieses Mal drang weißer Rauch aus dem rechten Triebwerk der P-38. Auf der Flucht vor dem Bluthund ging Saint-Ex im Sturzflug nieder und flog einige Minuten lang knapp über der Wasseroberfläche dahin. Dann schlug sein silberner Vogel auf dem Wasser auf und verschwand im prächtigen Spiegel des Mittelmeers.

Als ich an meinem Fallschirm hing und langsam auf die Hügel von Grasse zutrieb, konnte ich immer noch die letzten Worte hören, die der Kleine Prinz und Saint-Ex gewechselt hatten. Sie hallten in meinen Ohren wider, qualvoll und heiter zugleich: ›Adieu, adieu, Tonio!‹

›Nein, nein, nicht Lebwohl, sondern auf Wiedersehen bis zu unserer nächsten Begegnung. Bald werde ich auf deinen Stern, auf deinen Planeten kommen. Wir werden uns wiedersehen, und meine Blume und deine Blume werden auch dabei sein. Dann können wir bis zum Ende aller Zeiten deine herrlichen Sonnenuntergänge betrachten.‹

Meine Augen waren voller Tränen, und ich achtete nicht darauf, wo ich landen würde. Plötzlich befand ich mich in einem Feld voller Sonnenblumen, irgendwo in den Hügeln um Nizza. Eine Stimme redete mich leise auf Italienisch an, doch die einzigen Worte, an die ich mich erinnern kann, lauteten: ›E caduto dal cielo.‹

Er ist vom Himmel gefallen. Ja, ich war vom

Himmel gekommen, und jetzt war ich nicht sicher, was geschehen würde. Meine beiden Gastgeber waren italienische Blumenzüchter, die in der Umgebung von Grasse lebten. Sie waren bezaubernd. Ich versuchte ihnen zu erklären, woher ich kam und was ich erlebt hatte, und an ihren Gesichtern konnte ich ablesen, dass sie tief betroffen waren. Voller Hilfsbereitschaft versteckten sie mich in ihrem Landhaus, bis die Amerikaner im folgenden Monat an der Küste von Saint-Tropez gelandet waren. Nachdem meine Landsleute kapituliert hatten, brachten meine beiden Retter mich zum Kloster von Cimiez, das auf einem der Hügel in der Umgebung von Nizza lag. Ich blieb zwei Jahre dort; erst dann konnte ich nach Deutschland und zu Erika zurückkehren. Von meinem Fenster aus konnte ich immer noch einen Punkt auf der Meeresoberfläche erkennen, der heller glänzte als das übrige Wasser, und um die Mittagszeit pflegte die Sonne mir einen seltsamen Streich zu spielen. Für einen kurzen Augenblick malte sie einen kaum wahrnehmbaren Umriss auf den schimmernden Spiegel, die Konturen eines vertrauten Flugzeugs.

✦

Dies ist meine Geschichte. Und nun, wenn Sie Saint-Ex zugetan sind, und ich glaube, dass es so ist, sonst wären Sie nicht in die Bibliothek gekommen, um seine Zeichnungen zu bewundern, dann gehen Sie und erzählen Sie meine Geschichte.«

In dieser kalten Nacht in New York, in der die Sirenen verkündeten, dass andere Flugzeuge in weite Fernen aufbrachen, gab ich mir selbst das Versprechen, Ihre Geschichte zu erzählen, mein lieber von Stadde. Hier ist sie nun, Ihre Geschichte und meine. Für immer.

✦